I0551130

NOTE

SUR LES

ÉES NATIONAUX

PAR

M. REISET

PARIS

RLES DE MOURGUES FRÈRES

Imprimeurs des Musées nationaux

JEAN-JACQUES-ROUSSEAU, 58

1875.

NOTE

SUR QUELQUES-UNES DES AMÉLIORATIONS

QUI POURRAIENT ÊTRE APPORTÉES

au service des Musées,

PRÉSENTÉE A MM. LES MEMBRES DE L'ASSEMBLÉE NATIONALE

Par M. REISET,

DIRECTEUR DES MUSÉES NATIONAUX.

L'Administration des Musées qui, depuis le premier Empire, avait toujours fait partie de la liste civile, a été, à partir de 1871, rattachée au budget de l'État. Malgré le bon vouloir qui l'a accueillie, elle a été un peu traitée comme une nouvelle venue, et n'a pu que bien difficilement jusqu'ici faire connaître ses besoins les plus sérieux, les plus nécessaires. Les humbles augmentations de crédit demandées ont été toutes ou presque toutes repoussées sans pitié. Les temps, hélas! n'étaient pas favorables aux augmentations.

Aujourd'hui le calme paraît bien établi, les affaires reprennent. Nous voulons essayer d'indiquer les améliorations actuellement praticables qu'il serait bon d'accorder à nos Musées.

Hâtons-nous de le dire, nous ne voulons pas parler de toutes les améliorations. Ce sujet nous entraînerait trop loin. Il faudrait commencer par demander l'achèvement du Louvre. Or, l'achèvement du Louvre, c'est l'affaire de plusieurs millions, c'est une affaire trop lourde, trop grosse, trop lointaine pour nous. Laissons donc à d'autres le soin de décider si l'on terminera le Louvre en rétablissant l'ancienne galerie jusqu'au pavillon de Flore, ou si l'on utilisera les aménagements existants. Jouissons tel qu'il est du bel escalier ébauché qui dessert si commodément les diverses galeries, et ajournons, s'il le faut absolument, les somptueuses décorations qui lui sont destinées.

Ce que nous voudrions pouvoir obtenir, c'est le perfectionnement de ce qui existe, l'utile, le nécessaire. Le superflu viendra en son temps.

Nous demandons la permission de parler librement et sincèrement, et nous n'avons, Dieu merci, rien à dire de blessant pour qui que ce soit. Est-il besoin d'ajouter que ces lignes n'engagent que celui qui les écrit? C'est un vieux et dévoué serviteur du Louvre qui plaide non *pro domo suâ*, mais pour la cause de tous, pour ce qui appartient à tous. Si les artistes et les amis des arts qui viennent si souvent lui parler de leurs vœux les plus chers, et s'en retournent en déplorant leur commune impuissance, si tous l'aident et le soutiennent, peut-être ceux qui, placés aux divers échelons de la hiérarchie, ont le droit et le pouvoir de trancher ces questions, se laisseront-ils toucher ; peut-être transformeront-ils tant de rêves en vivantes réalités.

I.

Amélioration du jour de la grande galerie.

La grande galerie du bord de l'eau reçoit sur sa paroi de gauche un jour admirable. Mais la paroi de droite est insuffisamment éclairée. Il y a là une inégalité bien préjudiciable à nos chefs-d'œuvre, car nécessairement la moitié des tableaux placés dans cette galerie sont et paraissent sacrifiés. Quoi qu'on fasse, quelque soin qu'on mette à choisir ceux qui peuvent supporter la grande lumière et à placer dans la demi-ombre ceux qui pour différents motifs demandent un jour plus doux, le mal existe, il est patent pour tous les yeux. Pour obéir à certaines nécessités architecturales, et pour éviter extérieurement la transparence des combles, on a pris le jour tout entier du côté du nord. De là vient la différence sensible que nous signalons et qui n'existe ni dans le grand salon, ni dans la galerie de sept mètres, ni dans les diverses galeries et travées nouvelles, dont l'éclairage est de tous points excellent.

Le remaniement général de la toiture serait un grand travail auquel il n'est pas permis de penser ; mais il serait facile à l'éminent architecte du Louvre de pratiquer de distance en distance, le long du bord de l'eau, des baies qui atténueraient notablement l'irrégularité de l'éclairage, et dont la dépense serait minime, relativement au bon effet obtenu. Un travail analogue devrait être pratiqué au pavillon qui fait face au pont des Saints-Pères et qui, dans l'état actuel, jette une ombre fâcheuse sur la galerie flamande et en particulier sur les grandes œuvres de Rubens.

M. le baron de Vinols, député de la Haute-Loire, a, dans l'avant-dernière session, attiré l'attention de l'Assemblée nationale sur cette imperfection de notre belle galerie et a reçu à cette occasion de générales félicitations. La Commission des Beaux-Arts, dans sa séance du 3 décembre 1874, a approuvé en tous points et à l'unanimité les réformes demandées par le Directeur des Musées, et a émis le vœu de les voir prendre en considération par la Commission du budget.

II.

Transformation de l'ancienne salle des États en galerie.

L'ancienne salle des États n'était que provisoire. Déjà dans les dernières années de l'Empire, il était décidé qu'elle ferait retour à la Direction des Musées; et on s'occupait de terminer la nouvelle salle qui, placée à la suite du pavillon Lesdiguières, se trouvait mieux à proximité des Tuileries.

Cette ancienne salle des États, entourée de tous côtés par les galeries de peinture, ne saurait recevoir une autre destination. Une fois éclairée par le haut, elle formerait une précieuse annexe de nos galeries françaises, et donnerait asile aux grandes peintures qui, comme les batailles de Lebrun, se trouvent malheureusement reléguées dans l'ombre. Elle servirait enfin de passage entre la galerie du bord de l'eau et le pavillon Denon.

III.

Améliorations à faire au Musée du Luxembourg.

Le jour de cette galerie est aussi mauvais, aussi variable que possible. Ou le soleil y donne avec force, mettant en évidence deux ou trois peintures et faisant la nuit à l'entour, ou, par les temps couverts, une pénombre générale y règne. Il y aurait avantage à agrandir les baies des voussures, ce qui ne souffrirait aucune difficulté et augmenterait la lumière. On obvierait aux effets de soleil par un système de stores ouvrant et fermant à volonté.

La sculpture française moderne qui comprend nombre de morceaux excellents, est entassée dans une sorte de cave avec soupiraux, sans air, sans recul, sans repos. La circulation y est presque impossible. Ne pourrait-on donner un local moins indigne au conservateur de ce musée? Les ouvrages distingués qu'il renferme retrouveraient toute leur valeur dans une salle assez spacieuse pour qu'on pût les disposer avec goût et convenance.

Telles sont les dépenses de perfectionnement et d'appropriation que nous voudrions voir demander par la Chambre au Ministère des Travaux publics. Il s'agit en tout de quelques centaines de mille francs. Est-ce une somme exorbitante, quand il s'agit de donner au Louvre, c'est-à-dire au plus beau musée du monde, toute sa splendeur utile, quand il s'agit d'offrir un asile convenable à notre école moderne, si populaire aujourd'hui dans l'Europe entière? La Commission des Beaux-Arts, qui compte dans son sein plusieurs députés, a jugé que les demandes ainsi faites étaient justes et modérées. Puisse son avis avoir quelque poids auprès de qui de droit!

Passons maintenant aux dépenses du budget annuel, qui forment le chapitre XLVII du Ministère de l'Instruction publique.

IV.

Augmentation du nombre des gardiens.

Depuis quelques années le nombre des salles et galeries ouvertes au public a augmenté dans de singulières proportions. Les collections se sont complétées, les objets d'art se sont accumulés grâce à de généreuses donations ou aux acquisitions de chaque année. Enfin les trois étages de la cour du Louvre, la galerie d'Apollon, le grand salon, la grande galerie et ses annexes, forment un parcours total de 2,479 mètres, mesurés sur une seule ligne droite et sans y comprendre les vestibules ni les escaliers, sans compter non plus les tours et détours que font tous les visiteurs même les plus superficiels; car qui entrerait dans le grand salon sans en faire le tour, ou dans les galeries sans aller de gauche à droite et de droite à gauche? Le parcours est bien vite doublé et triplé.

Oui, deux kilomètres et demi de salles entièrement ouvertes au public! L'amateur enthousiaste et vigoureusement constitué qui, entre son déjeuner et son dîner, a voulu tout voir ou du moins tout parcourir, en même temps qu'il a fait le plaisir de ses yeux et développé son intelligence, a le droit de rapporter au logis une double dose de fatigue et d'appétit.

Eh bien! ces longues galeries il faut les garder, les surveiller, et pour ce faire, il faut des hommes en suffisante quantité. Avons-nous donc assez de gardiens? Nous prions le lecteur de répondre lui-même à cette question après avoir parcouru le tableau ci-dessous. C'est l'état de tous les postes de service du Louvre et l'indication du nombre d'hommes nécessaire à chaque poste.

Cet état a été dressé avec le plus grand soin, et non sans parcimonie. Nous devons même à cet égard faire une réserve qui a son importance. Lorsque les travées ou les salles sont en *enfilade* on en donne plusieurs à un seul gardien, tandis que pour obtenir une surveillance exacte et rigoureuse, il faudrait dans tous les cas au moins un homme par salle.

MUSÉES NATIONAUX.

ÉTAT des salles, galeries et postes de service du Musée du Louvre, comprenant l'indication du nombre d'hommes nécessaire à la surveillance de chaque jour.

DÉSIGNATION DES POSTES.	NOMBRE D'HOMMES.
REZ-DE-CHAUSSÉE.	
Porte d'entrée du pavillon Denon	1
Galerie conduisant à l'escalier du pavillon Mollien	1
Galerie conduisant au grand escalier	1
Vestibule des Antiques	1
Salle des Saisons	2
Salle des Empereurs	1
Salle ronde	1
Salle de Diane	
Salle du Gladiateur	1
Salle de la Vénus de Milo	1
Salle des Cariatides	1
Porte d'entrée de l'escalier Henri II	1
Porte de l'escalier des bureaux	1
Sculpture du Moyen-Age	1
Salle de la cheminée de Bruges	
Musée chrétien et salle judaïque	1
A reporter	15

DÉSIGNATION DES POSTES.	NOMBRE D'HOMMES.
Report.....	15
Sculpture de la Renaissance .... { Salle Michel-Colombe	1
Id. Michel-Ange	
Id. Jean-Goujon	1
Id. des Anguier	
Porte réservée	1
Antiquités égyptiennes ... { Salle n° 1	2
Id. n° 2	1
Id. n° 3	
Musée algérien...	1
Musée assyrien.......... { Salle assyrienne............	1
Id. du vase d'Amathonte....	1
Id. des Tombeaux syriens..	1
Salle des antiquités de Milet.............................	1
Salle de la Vénus de Falerone.............................	
Porte de l'escalier de la Direction.......................	1
Salle des Estampes...	1
Sculpture moderne .... { Salle de Coyzevox............	1
Id. de Pujet...............	1
Id. de Coustou	1
Id. de Houdon	
Id. de Chaudet.............	1
Id. nouvelle....	1

1er ÉTAGE.

Grand escalier	1
Salle des Fresques...	1
Grand Salon...	1
A reporter.....	36

2

DÉSIGNATION DES POSTES.		NOMBRE D'HOMMES.
	Report.....	36
	1re Travée................	1
	2e Id.	1
Grande galerie..........	3e Id.	1
	4e Id.	1
	5e Id.	1
Petites salles françaises..	Salle des Clouet.....	1
	Id. de Le Sueur............	
	Id. id.	1
	Id. des Vernet.............	
Palier de l'escalier du pavillon Mollien..................		1
Galerie française. — Pavillon Mollien...................		2
Salons du pavillon Denon.	Salon no 1..................	1
	Id. no 2.................	1
Galerie française. — Pavillon Daru......................		2
Petite Galerie Italienne.............................		1
Galerie d'Apollon		3
Salle des Bijoux...................................		1
Salon des Sept cheminées...........................		1
Service des chevalets.....	Grande galerie..............	1
	Galeries françaises..........	1
Salle Henri II.....................................		1
Salle Louis La Caze................................		2
Musée Charles X.........	Salle no 1..................	1
	Id. no 2..................	
	Id. no 3..................	
	Id. no 4..................	1
	Id. no 5..................	1
	A reporter.....	64

DÉSIGNATION DES POSTES.	NOMBRE D'HOMMES.
Report.....	64
Musée Charles X......... { Salle nº 6.....................	1
Id. nº 7.....................	
Id. nº 8.............. ...	1
Id. nº 9.............. ...	
Palier de l'escalier des tombeaux égyptiens..............	1
Musée Campana (bord de l'eau)................ { Salle nº 1....................	1
Id. nº	
Id. nº 3....................	1
Id. nº 4....................	
Id. nº 5....................	
Id. nº 6....................	1
Id. nº 7....................	
Id. nº 8....................	1
Id. nº 9....................	
Palier de l'escalier Henri II............................	1
Salle des Bronzes..	1
Palier de l'escalier Henri IV...........................	1
Salle des Desssins......... { Salle nº 1....................	1
Id. nº 2....................	1
Id. nº 3....................	1
Id. nº 4....	
Id. nº 5....................	1
Id. nº 6....................	
Id. nº 7....................	1
Id. nº 8....................	
Id. nº 9....................	1
Id. nº 10....................	
A reporter.....	80

DÉSIGNATION DES POSTES·	NOMBRE D'HOMMES.
Report.....	80
Salle des Dessins........ { Salle n° 11...... .... Id. n° 12.................... Id. n° 13.................. Id. n° 14..................	1 1
Musée de la Renaissance. { Salle des Ivoires............ Id. Sauvageot............ Id. des Verreries.......... Id. des Bronzes............ Id. des Faïences françaises. Id. des Faïences italiennes. Id. id. id. .	1 1 1 1
Palier de l'escalier du Musée assyrien	1
Musée mexicain..................................	1
Salles de la Colonnade... { Salle n° 1........•....... Id. n° 2.................. Id. n° 3.................. Id. n° 4.................. Id. n° 5........•.......... Id. n° 6.................. Id. n° 7.................;	1 1 1 1

2e ÉTAGE.

Salles neuves .... { Salle n° 1.................. Id. n° 2.................... Id. n° 3..................	1 1 1
A reporter.....	95

DÉSIGNATION DES POSTES.	NOMBRE D'HOMMES.
Report.....	95
Salle n° 1...................	1
Id. n° 2...................	1
Id. n° 3...................	
Id. n° 4...................	1
Id. n° 5...................	
Id. n° 6...................	1
Musée de la Marine...... Id. n° 7...................	
Ib. n° 8...................	1
Id. n° 9...................	
Id. n° 10...................	1
Id. n° 11...................	
Id. n° 12...................	1
Id. n° 13...................	
Musée ethnographique.....................	2
Salle n° 1...................	1
Musée chinois........... Id. n° 2...................	
Id. n° 3...................	1
Salle de Lesseps.....................	1
Salle d'étude.....................	1
Palier de l'escalier Henri IV.....................	1
Couloir de l'Horloge.....................	1
Bureaux.....................	8
	118
Le service est commandé Chefs.....................	2
par..................... Sous-Chefs.....................	3
Hommes de sortie ayant passé la nuit. — Par jour	10
Moyenne des hommes malades. — Par jour.............	8
Hommes de travail.....................	8
TOTAL pour le Musée du Louvre.... *à reporter*.	149

DÉSIGNATION DES POSTES.	NOMBRE D'HOMMES.
Report.....	149
Musée du Luxembourg................................	10
Musée de Saint-Germain............................	7
Détachés au Musée de Versailles.....................	2
TOTAL GÉNÉRAL.......	168
Nombre de gardiens portés au budget de 1875............	138
DIFFÉRENCE EN MOINS.......	30

Nous ne croyons pas que l'exactitude du tableau qui précède puisse sur un seul point être contestée. Si la Commission du Budget ordonnait une vérification à cet égard, nous serions heureux de fournir toutes les explications, tous les renseignements désirables.

En résumé, 118 hommes sont nécessaires chaque jour pour la garde de toutes les salles.

En ajoutant à ce chiffre :

1° Les chefs et sous-chefs ;

2° Les hommes de sortie, — ils ont été de veille la nuit précédente ;

3° Les malades ;

4° Les hommes de travail ;

5° Les hommes détachés aux musées du Luxembourg, de Versailles et de Saint-Germain,

On arrive au chiffre de 168 gardiens, chefs, sous-chefs et brigadiers compris. Celui des hommes admis par le Budget de 1875 étant de 138, le déficit constaté est de 30.

Il nous faudrait donc 30 gardiens de plus ! Cette augmentation entraînant une dépense de 40,400 francs à porter à la colonne des traitements, nous n'avions pas osé la présenter d'une seule fois, et pour le budget de 1876, nous avions porté seulement un supplément de 15 gardiens (20,200 francs). M. le ministre de l'Instruction publique, des Cultes et des Beaux-Arts avait bien voulu accueillir et présenter cette demande bien modeste. Mais M. Mathieu Bodet, ministre des finances, obéissant à un devoir rigoureux, a péremptoirement repoussé toutes les augmentations proposées, soit pour la direction des Musées, soit pour tout ce qui concerne les Beaux-Arts. — Cette décision cruelle est-elle irrévocable ? Serons-nous pendant plusieurs années encore obligés à chaque instant de fermer quelques-unes de nos salles ?

Car si le nombre des malades ou des hommes de travail est variable, les autres chiffres restent toujours les mêmes. Les chefs et sous-chefs, les hommes de sortie, les hommes détachés au Luxembourg, à Versailles et à Saint-Germain, tout cela est invariable ; invariable aussi le nombre des gardiens de service nécessaire. Le seul expédient qui reste est de fermer des salles !

On ne saurait croire à quel point ces portes closes sont désagréables au public. Il a pris l'habitude d'entrer librement au Louvre, il aime à y venir, il en connaît les détails et les détours, et une salle fermée sans motifs (du moins il le croit) l'exaspère. Si on mettait sur la porte : *Salle fermée faute de gardiens*, cela ne le calmerait nullement.

Le Musée du Louvre est le plus libéral qui soit au monde. Voulez-vous savoir ce qu'il y vient de monde un dimanche, un de ces dimanches où le soleil de printemps brille, où Paris tout entier est sur les boulevards, aux Champs-Élysées, au bois de Boulogne, au bois de Vincennes, aux courses?... Les salles ne sont qu'à moitié garnies de visiteurs, et l'on serait tenté de dire qu'il y a peu de monde. Eh bien, de midi à quatre heures, il sera entré de cinq à six mille personnes ! Quand la foule vient, ce chiffre est doublé. Pendant la semaine, il entre en moyenne 3,000 personnes par jour. Au Luxembourg, 1,200 visiteurs (au moins) le dimanche, et 900 environ pendant la semaine (1).

Tout cela sans confusion, sans encombrement, sans difficultés d'aucune sorte. Le foule se disperse et se répand dans tous les sens. L'artiste va à sa copie, l'amateur à ses objets de prédilection, et dans ce nombre infini de merveilles diverses, chacun trouve sur sa route un enchantement nouveau.

Les Anglais publient de temps en temps, avec une fierté légitime, le nombre des visiteurs qui entrent dans leurs musées. On voit par les chiffres que nous avons cités plus haut, à quelles

---

(1) Le nombre de cartes de travail délivrées à des artistes ou à des élèves pendant deux années, 1873 et 1874, s'élève à 1,950.

prodigieuses additions on arriverait en relevant pendant une année le mouvement du Louvre et du Luxembourg. Sans doute cette foule ne comprend pas tout ce qu'elle voit, et ses remarques sont parfois naïves ou mal placées. Les promenades qu'elle vient faire dans les musées n'en sont pas moins utiles. Renouvelées et converties en habitude, elles peuvent contribuer à la civilisation des masses en excitant ou en développant dans bien des cœurs des sentiments élevés et salutaires.

V.

Frais de déplacement.

Pendant tout le cours de l'année, on est obligé d'envoyer des gardiens au Luxembourg, à Versailles, à Saint-Germain, à Compiègne, à Fontainebleau..... pour y porter ou en rapporter des objets d'art. Par une singularité que l'on s'explique difficilement, la demande d'un crédit pour payer ces dépenses indispensables, a toujours été repoussée. Une somme de 3,000 francs avait été portée à ce titre au projet de budget de 1876. Elle serait bien nécessaire et à peine suffisante.

Ce ne sont pas seulement des gardiens qu'il faut envoyer au dehors. Dans certains cas, les fonctionnaires supérieurs de l'administration des Musées sont forcés de voyager pour le bien du service. En voici un exemple entre bien d'autres :

La Conservation des antiques apprend que dans une ville de province se trouve un vase grec, trouvé en Grèce, d'une beauté rare, d'une importance exceptionnelle, d'une conservation extraordinaire. Elle cherche à se mettre en rapport avec le propriétaire, et lui demande d'envoyer le vase à Paris, pour qu'il puisse être examiné par le Conservatoire. Le propriétaire répond : « Je « consens à vendre mon vase, mais il ne sortira de chez moi que « vendu. J'ai eu la bonne chance de l'apporter intact. Cela m'a « coûté bien des peines. Je ne veux plus l'exposer à de pareils « hasards. » Il faut bien se résigner. Le Directeur, usant de la faculté que lui donne le règlement, envoie, après avoir consulté le Conservatoire, l'un des conservateurs dans la ville où se trouve le vase antique. Il est impossible de faire autrement, ou bien il faut renoncer à l'acquisition dont il s'agit.

D'après le rapport fait par ce délégué, les négociations se suivent, le prix est convenu, l'arrêté est présenté au Ministre, qui veut bien l'approuver et le signer. Nouveau voyage pour chercher le vase, l'emballer avec tous les soins imaginables et le rapporter au Louvre.

Des circonstances analogues se présentent souvent, et nous craindrions de fatiguer le lecteur en insistant.

VI.

Fonds d'acquisition.

Nous voici arrivé à la question la plus importante que nous ayons à traiter dans ce petit travail. Elle exigera quelques développements.

La somme mise annuellement à la disposition de la Direction des Musées pour les acquisitions d'objets d'art, est de 75,000 fr. Sous l'Empire, elle s'élevait à 100,000 francs.

C'est un chiffre absolument illusoire, et tout le monde le reconnaît. Voici, en effet, la nomenclature des divers départements qui doivent se le partager :

1° Conservation des peintures, des dessins et de la chalcographie ;

2° Conservation des antiques (antiquités grecques, romaines, assyriennes... objets mexicains) ;

3° Conservation de la sculpture et des objets d'art du moyen âge, de la Renaissance et des temps modernes ;

4° Conservation des antiquités égyptiennes ;

5° Conservation du musée ethnographique et de la marine ;

6° Conservation du musée du Luxembourg ;

7° Conservation du musée de Versailles ;

8° Conservation du musée de Saint-Germain.

Divisez 100,000 francs ou 75,000 par 8, et calculez ce qui revient à chaque département! Un partage exact étant absolument impossible, on agit de commun accord et avec bienveillance réciproque, suivant les occasions qui se présentent. Le Conservatoire décide après examen, et quand un objet intéressant peut être acquis, tous l'accueillent avec le même empressement.

Or, il faut bien le reconnaître, le prix des objets d'art a, depuis trente ans, augmenté dans d'incalculables proportions. Nous savons bien qu'il faut, en certains cas, faire la part de la spéculation hasardée, de l'agiotage, qui viennent s'adjoindre effrontément à tout commerce important. Mais, on ne peut le nier, la hausse des prix est évidente et considérable. Portez aujourd'hui à l'hôtel des commissaires-priseurs les collections célèbres de Lapeyrière, d'Érard ou du duc de Berry : sans annonces, sans réclames, déguisées ou non déguisées, ces tableaux se vendront trois fois plus cher qu'il y a quarante ans; pour quelques-uns, la valeur sera décuplée.

Un tableau, une statue, un objet d'art de quelque renom, trouvera en vente publique un prix supérieur à la totalité de notre crédit annuel. C'est un fait qui ne saurait être mis en doute. M. le comte d'Osmoy, dans le Rapport sur les Beaux-Arts, fait au nom de la Commission du budget, s'exprimait ainsi l'année dernière :

« N'est-il pas utile de noter qu'une somme de 75,000 francs
« seulement est affectée aux acquisitions d'objets d'art destinés
« à accroître les magnificences de notre musée du Louvre, tandis
« que, dans une nation voisine qui s'est imposé le culte des
« beaux-arts, une somme de plus de 500,000 francs est con-

« sacrée annuellement à l'acquisition de tableaux de grands
« maîtres. »

Il nous sera permis d'ajouter un mot de commentaire à des
paroles si nettes, si concluantes. Le musée des peintures de Londres (*National Gallery*) consacre, en effet, des sommes impor-
tantes aux acquisitions, et les prix les plus élevés ne l'arrêtent
pas. Mais comme le prouve l'énumération que nous venons de
faire des diverses conservations du Louvre et de ses annexes, les
musées nationaux de France ne correspondent pas seulement
à *National Gallery*, mais aussi et en même temps à plusieurs
services du *British museum*, du musée de Kensington..., etc. En
relevant les dépenses faites par ces divers établissements réunis,
nous croyons qu'on arriverait presque à un million de francs
par année! On vient de payer pour un simple masque de bronze,
acquis par le *British museum*, la somme de 150,000 francs! Que
pouvons-nous obtenir, à côté de ces nobles prodigalités, avec nos
75,000 francs?

A vrai dire, il n'y a jamais eu de somme absolument fixée pour
les dépenses de *National Gallery*. On dit simplement au Directeur : trouvez de belles peintures, nous payerons. Chaque année,
au Parlement, il y a quelque discussion à ce sujet. On critique
telle ou telle acquisition, on conteste la beauté de certains
ouvrages, cela se passe ainsi partout, mais jamais on ne trouve
qu'on ait trop dépensé.

Ajoutons quelques détails authentiques sur ce qui a été acquis
à Londres pendant ces dernières années. On verra que le chiffre
mis en avant par M. le comte d'Osmoy n'est pas éloigné de la vérité.
En 1871, on a cherché à faire entrer d'un seul coup à *National*

Gallery la célèbre collection de sir Robert Peel. Elle comprenait 67 tableaux des écoles flamande et hollandaise, et, parmi ces tableaux, le *Chapeau de paille* de Rubens. Le prix fut fixé à 1,625,000 francs. M. Gladstone, trouvant la dépense un peu forte, mit pour condition à son consentement que l'on resterait sans rien dépenser pendant le laps de temps nécessaire pour regagner cette grosse somme, à raison de 250,000 francs par an. C'était donc une abstinence de six années. En effet, en 1872, aucun tableau n'entra dans la collection. En 1873, une légère dérogation est faite à la défense du premier Ministre; on achète pour une trentaine de mille francs une très-belle grisaille d'A. Mantegna. En 1874, se présente une vente comprenant de beaux tableaux italiens. On expose l'état des choses à M. Disraëli, qui, après réflexion, décide que M. Gladstone n'avait pas le droit d'engager ainsi l'avenir; et en conséquence on acquiert à la vente Barker 12 tableaux pour 250,000 francs. Ainsi, dans ces quatre dernières années, la *National Gallery* s'est enrichie de 80 tableaux nouveaux acquis au prix de 1,905,000 francs.

Qu'on ne s'y trompe donc pas! Les musées anglais marchent à grands pas, tandis que notre vieux Louvre ne peut que bien rarement descendre dans l'arène. Nous avons, il est vrai, quelques ouvrages uniques qui nous viennent de François Ier ou de Louis XIV. Quoi qu'on fasse, on ne retrouvera pas, croyons-nous, la belle Jardinière, ni la Joconde, ni l'Antiope, ni quelques autres. Mais ne nous endormons pas sur notre prééminence. La *National Gallery*, qui ne date que de 1824, compte déjà des peintures magnifiques, et elle possède tout ce dont elle a besoin pour réussir : l'ambition, la persévérance et l'argent.

La somme de 250,000 francs que M. Gladstone trouvait conve-

nable de dépenser annuellement pour le seul musée des peintures de Londres, serait peu élevée pour nos huit musées
réunis; elle nous paraîtrait cependant suffisante, à une condition, condition essentielle : celle de pouvoir faire des économies.

Suivant les règles de la comptabilité ordinaire, tous les crédits
non dépensés dans le cours de l'exercice rentrent au Trésor. Une
dérogation à ces règles serait indispensable dans le cas qui nous
occupe, à moins d'augmenter hors de raison les crédits annuels.
En effet, les occasions ne se présentent pas à intervalles égaux.
Deux ou trois années s'écouleront parfois sans qu'un seul objet
important se présente, et puis d'un seul coup on les verra appa-
raître à la fois : tableaux, statues, merveilles de tout genre. Des
acquisitions aussi capricieuses par leur nature, aussi imprévues,
peuvent-elles être soumises à de rigoureuses annuités?

Cette question a été souvent traitée par des hommes ayant l'au-
torité nécessaire, et toujours résolue dans le sens que nous
indiquons. Dernièrement encore M. Timbal, dans la *Revue des
Deux-Mondes*, M. Ch. Clément, dans le *Journal des Débats*, sou-
tenaient avec conviction la même thèse. Nous ne pouvons résister
au plaisir de citer ici quelques fragments de l'article de ce der-
nier écrivain :

« Il faudrait pouvoir dépenser de loin en loin une grosse
« somme pour acquérir un chef-d'œuvre; mais le moyen ? Nous
« avons une loi de finance dont je me garderai bien de parler,
« n'entendant rien à cette matière, mais qui, pour ce qui con-
« cerne nos musées, a des effets déplorables. Le budget du
« Louvre est des plus modestes. Vous croyez qu'il est loisible à

« l'Administration de faire ce que nous ferions vous et moi ; je
« veux dire d'accumuler les fonds disponibles jusqu'à ce que
« l'on trouve une occasion d'acheter un chef-d'œuvre. Détrompez-
« vous. La loi dont je parle exige que les sommes qui ne sont
« pas dépensées dans l'année fassent retour au Trésor. Il s'en-
« suit que, comme l'on ne se soucie pas de rendre l'argent, on
« n'achète que des tableaux de moyenne importance, qui aug-
« mentent l'encombrement sans grand avantage pour l'art, et
« que lorsqu'il se présente une œuvre de grand mérite ou de
« grand prix, on est bien forcé de la laisser partir, le désespoir
« dans le cœur, pour l'Angleterre ou pour la Russie. Ne pourrait-
« on changer sur ce point cette ingénieuse loi....? » (*Journal
des Débats* du 7 février 1875.)

La méthode à suivre serait des plus simples, et d'habiles finan-
ciers nous ont dit bien des fois qu'un vote de la Chambre apla-
nirait toutes les difficultés. Chaque année, ce qui resterait
disponible sur les 250,000 francs serait déposé à la Caisse des
dépôts et consignations. Les économies ainsi faites s'accumule-
raient au profit de l'avenir, et ne pourraient être retirées que par
un arrêté du Ministre. Suivant le règlement en vigueur, règlement tutélaire auquel le Directeur des Musées tient plus que
tout autre, aucune demande ne pourrait être adressée à cet égard
au Ministre, qu'après un avis favorable du Conservatoire.

De cette façon, le Musée du Louvre pourrait être représenté
dans les grandes ventes et profiter des belles occasions, sans
renoncer bien entendu à acheter à bon marché, à bas prix
même le cas échéant. Il ne faudrait pas toujours dédaigner les
objets d'art qui n'ont pas coûté de grands prix, et surtout il ne
faut pas juger de leur mérite d'après les sommes dépensées. Les

prix sont chose incertaine et variable. Nous pourrions citer bien des exemples à l'appui de notre assertion. Nous connaissons un tableau qui, en raison de certaines circonstances favorables, n'a été payé que 6,000 francs. Il est égal ou supérieur à une autre peinture du même maître, payée cent fois davantage.

Tout dépend bien souvent de la mode ou des fantaisies changeantes de quelques amateurs. Ce qu'on aimait, ce qu'on couvrait d'or il y a vingt ans, n'est plus ce qu'on recherche aujourd'hui. Dans vingt ans, le goût aura changé encore. Un musée public n'a rien à voir à ces vogues passagères.

Mais cela est évident ; en laissant de côté quelques exagérations presque scandaleuses, un tableau célèbre, une belle statue seraient, aux prix actuels, impossibles à acquérir avec le crédit accordé aux musées. La Russie vient d'acheter la Madone de Connestabile. Cette madone est grande comme la main, et sous prétexte que c'est un ouvrage exquis de la jeunesse de Raphaël, elle a été payée 300,000 francs. Quand les grandes galeries particulières qui sont encore debout en Italie et ailleurs, finiront par être dispersées à tous les vents, resterons-nous encore les bras croisés ?

Répondons ici par avance à une objection qui pourrait nous être faite. Dans les grandes circonstances, dira-t-on, un crédit extraordinaire pourrait être demandé et accordé. Cela est arrivé plusieurs fois, en effet, et cela n'a pas toujours réussi. Les présents ainsi faits au Louvre n'ont pu qu'être accueillis avec reconnaissance, mais il nous sera permis de dire qu'en certaines de ces occasions la politique a eu une part prédominante, et que le résultat n'a donné que des œuvres médiocres ou mal conser-

vées, des collections qui auraient eu besoin de sévères épura-
tions, le tout acquis à des prix insensés. Le système que nous
osons proposer serait cent fois meilleur. Il permettrait d'agir
avec secret et décision, et laisserait aux hommes spéciaux leur
responsabilité.

Parmi les acquisitions faites pendant ces douze ou quinze dernières années, nous pouvons en citer trois d'une grande importance, et unanimement admirées : l'Antonello de la galerie Pour-
talès, les fresques de Luini du palais Litta, l'Hobbema de la
collection de Mecklembourg. Aucun de ces chefs-d'œuvre n'aurait
pu entrer au Louvre, si le ministre de la maison de l'Empereur
n'avait exceptionnellement permis de répartir la somme à payer
sur plusieurs exercices, faisant ainsi une heureuse application
du système que nous préconisons, avec cette seule différence
que l'économie se faisait à la suite de l'acquisition, tandis que
nous demandons que l'acquisition soit le résultat d'économies
faites à l'avance.

VII.

Traitements.

Nous avons, en commençant, demandé la permission de tout
dire, et nous espérons n'avoir pas abusé de cette faculté, que nous
supposons nous avoir été accordée par le lecteur bienveillant. Le
sujet des *traitements*, dont nous voulions nous occuper en ter-
minant, nous paraît bien délicat à aborder avec développement.

A Dieu ne plaise que, même pour faire valoir le mérite de nos collaborateurs, nous puissions chercher à établir un parallèle entre eux et d'autres fonctionnaires pour qui nous n'avons que des sentiments de considération, et dont plusieurs sont nos amis. Nous ne voulons même pas examiner l'importance comparative des emplois et des travaux, abstraction faite des personnes.

Ces rapprochements, qui nous sont interdits, ont été faits par d'autres et à bien des reprises, ainsi qu'en témoignent presque tous les projets de budget depuis que l'administration des Musées s'y trouve comprise.

En 1873, dans son Rapport sur le budget de 1874, rapport que nous voudrions publier en entier, car on y trouverait une confirmation éclatante de la plupart des idées que nous venons d'émettre, M. Bardoux, député du Puy-de-Dôme, s'exprimait ainsi : « Votre Commission croit, en outre, devoir attirer votre attention « sur l'intelligente administration du Louvre et des Musées na- « tionaux... Elle espère que la situation de nos finances nous « permettra prochainement d'assimiler le personnel scientifique « des musées à celui d'un établissement analogue, la Biblio- « thèque nationale... » (*Journal officiel* du 18 décembre 1873).

Dans la discussion, le même rapporteur prononçait à la tribune les paroles suivantes : « J'appelle de toute la force de mes « espérances le moment où nous pourrons augmenter le crédit « nécessaire à l'achat d'objets d'art ; j'appelle de tous mes vœux « le moment où nous pourrons encourager, en élevant leur po- « sition, ces savants conservateurs du Louvre qui ont catalogué, « classé, mis en évidence les trésors qui leur sont confiés... »

Le vœu exprimé par M. Bardoux et par beaucoup d'autres,

n'a pas été réalisé, et, quant à nous, nous serons heureux d'abandonner ce sujet, après avoir dit qu'il y a là une distinction pénible contre laquelle nous réclamons depuis vingt ans.

Telles seraient nos demandes. Sont-elles justes ou sont-ce des rêves ? Nous avons la ferme confiance d'avoir, en formulant ces idées, accompli un devoir. Nous avons rigoureusement circonscrit notre horizon, et nous ne nous sommes occupé que des Musées proprement dits, c'est-à-dire du bon aménagement, de la garde, du développement régulier des collections qu'on nous a fait l'honneur de nous confier. Ingres et Delacroix, Vitet et Beulé, s'ils étaient encore de ce monde, nous soutiendraient énergiquement. Ceux à qui l'opinion publique donne aujourd'hui voix prépondérante en ces matières, ne nous refuseront pas leur appui.

16 avril 1875.

Paris. — Typ. CHARLES DE MOURGUES frères, rue J.-J.-Rousseau, 58. — 2668